AF363946

CATALOGUE

DES

TABLEAUX ANCIENS

DES ÉCOLES

HOLLANDAISE, FLAMANDE & FRANÇAISE, DES XVIIᵉ & XVIIIᵉ SIÈCLES

PORTRAITS

TRIPTYQUE DE L'ÉCOLE ALLEMANDE

Composant la Collection de M. P. M***

ET DONT LA VENTE AURA LIEU

HOTEL DROUOT, SALLE Nᵒ 6

Le Mercredi 1ᵉʳ Mai 1901

à deux heures et demie

COMMISSAIRE-PRISEUR	EXPERT
Mᵉ P. CHEVALLIER	**M. B. LASQUIN**
10, rue Grange-Batelière	12, rue Laffitte

EXPOSITION PUBLIQUE

Le Mardi 30 Avril 1901, de 1 heure 1/2 à 5 heures 1/2

CONDITIONS DE LA VENTE

Elle sera faite au comptant.

Les acquéreurs paieront *dix pour cent* en sus des prix d'adjudications.

Paris — Imp. de l'Art, E. Moreau et Cⁱᵉ, 41, rue de la Victoire.

DÉSIGNATION

TABLEAUX ANCIENS

AVERCAMP

1 — *Réunion de personnages sur un canal glacé.*

VAN BALEN, BREUGHEL et VAN KESSEL

2 — *L'Enlèvement d'Europe.*
Peinture sur bois.

BERGHEM (Attribué à)

3 — *Muletier près d'un vieux pont, sur une rivière.*
Toile.

BEYEREN (Attribué à Van)

4 — *Poissons et coquillages sur un rocher au bord de la mer.*
Peinture sur toile.

BOL (F.)

5 — *Portrait d'Homme en buste, de face, coiffé d'un grand chapeau noir.*
Toile.

BRAUWER (Attribué à A.)

6 — *Sujet de trois figures.*
Panneau.

BREUGHEL (Pierre)

7 — *Épisode de la guerre des paysans en Flandre.*
Neuf paysans et paysannes se défendent contre des reîtres.
Peinture sur toile.

CANALETTO (Attribué à)

8 — *La Piazzetta et le Campanile à Venise.*
Toile.

CHARDIN (Attribué à)

9 — *Cornemuse, instruments de musique, livres et perroquets.*
Toile.

CLOUET (École des)

10 — *Portrait présumé de François II.*
Panneau.

CRANACH

11 — *L'Enfant Jésus et saint Jean.*
Cadre Louis XIV, en bois sculpté.

CRANACH (École de)

12 — *Portrait d'un Personnage anglais, en costume
du XVIe siècle.*
Panneau, forme ronde.

CUYP (Attribué à)

13 — *Paysanne et bestiaux dans un paysage.*
Panneau.

DEKKER (C.)

14 — *Paysage hollandais: effet d'orage.*
Toile.

DENNER (Attribué à)

15 — *Femme âgée en buste.*
Toile.

DUJARDIN (Genre de KAREL)

16 — *Promeneurs au bord d'une rivière.*
Toile.

FALCONE

17 — *Bataille entre Turcs et Hongrois.*
Deux pendants. Toile.

FLINCK (Attribué à)

18 — *Portrait de Jeune Homme.*
    Toile.

FRANCK

19 — *Salomé apportant la tête de saint Jean à Hérode.*
    Panneau.

FYT

20 — *Chat sauvage décorant du gibier.*
    Toile.

FYT (Genre de)

21 — *Chasse à l'ours.*
    Toile.

GOYEN (Van)

22 — *Bateaux de pêche en pleine mer.*
    Panneau.

GOYEN (Attribué à Van)

23 — *Pêcheurs sur la plage de Schéveningue.*
    Panneau.

GRIMOU (A.)

24 — *Un Buveur.*
    Toile.

GRYFF

25 — *Retour de chasse*.
    Toile.

GUIDE (École du)

26 — *Une Sibylle*.
    Toile.

GUNDRANY (A.)

27 — *Paysage de Grèce avec nombreuses figures*.
    Toile. Signée.

HEEM (De)

28 — *Déjeûner d'huîtres*.
    Panneau.

HONDEKOETER

29 — *Oiseaux de Basse-cour*.
    Importante composition.
    Toile.

HONDEKOETER (Attribué à)

30 — *Amours et Oiseaux de basse-cour*.
    Toile.

HOOG (Manière de PIERRE DE)

31 — *Intérieur hollandais animé de six figures*.
    Tableau d'un bel effet de lumière.
    Panneau.

LEBRUN (École de)

32 — *Un Triomphe romain.*

LEBRUN (D'après)

33 — *Le Triomphe d'Alexandre.*
    Toile.

LEFÈVRE (Claude)

34 — *Portrait d'Homme en buste.*
    Toile, forme ovale.
    Cadre en bois sculpté.

MACHY (De)

35 — *Pâtre et Bestiaux à l'abreuvoir, dans une colonnade en ruine.*
    Toile.

MIERIS (Attribué à W.)

36 — *Jeune Femme et Vieillard.*
    Panneau.

MOLENEAR

37 — *Cavalier et Enfants sous une voûte.*
    Panneau.

MORLAND (D'après)

38 — *La Pêche.*
    Charmante composition, de forme ovale.
    Cuivre.

MONNOYER (Attribué à)

39 — *Corbeille de fleurs, nid d'oiseau et raisins.*
Toile.

MORO (Antonio)

40 — *Portrait d'un Gentilhomme en buste.*
Toile.

MOUCHERON (Genre de)

41 — *Femme et son page dans un parc.*
Toile.

NYTS (J.)

42 — *Paysage de Hollande avec château et cathédrale.*
Signé et daté 1650.

OUDRY (Attribué à)

43 — *Singe monté sur un chien, dans un paysage, avec un faisan.*
Toile.

OUDRY (Genre de)

44 — *Chiens attaqués par un serpent.*
Toile.

ORIZONTE ET BLOEMEN

45 — *Paysage avec figures allégoriques.*
Toile.

OSTADE (Attribué à Van)

46 — *Le Charlatan.*
    Panneau.

PŒRSON (C.)

47 — *Un Sacrifice antique.*
    Peinture sur toile, signée en toutes lettres, en bas
à gauche.

PORBUS (Attribué à)

48 — *Portrait d'Homme en buste, avec collerette.*
    Toile.

PORBUS (École de)

49 — *Portrait de Femme, vêtue de noir, assise dans
un fauteuil.*
    Toile.

PORBUS (École de)

50 — *Portrait de Jeune Homme.*
    En buste, vêtue de noir avec collerette.
    Toile.

ROMBOUTS (Attribué à)

51 — *Vue de Ville (Anvers?)*
    Avec rivière sur la gauche et route, à droite, avec
figures.

RUBENS (École de)

52 — *Apollon et Vénus devant Vulcain et Junon.*
. Panneau.

REMBRANDT (École de)

53 — *Buste d'un Maggiar.*
Toile.

RUBENS (École de)

54 — *Le Triomphe de l'Eucharistie.*
Panneau.

RUBENS (D'après)

55 — *Portrait de l'Artiste.*
Toile.

RUYSDAEL (S.) (?)

56 — *Paysage hollandais.*
Rivière bordée d'habitations à droite, ombragée
par un bouquet d'arbres : bateaux et figures.
Toile.

RUYSDAEL (Attribué à)

57 — *Route traversant une forêt.*
Toile.

SCHWEICKHARDT (W.)

58 — *Paysage de Hollande avec pêcheurs et bestiaux au premier plan.*
Toile.

SLITT (Van)

59 — *Le Porte-Étendard.*
Panneau signé.

SPAENDONCK (Attribué à)

60 — *Bouquet de Fleurs dans un vase et deux oiseaux
sur une console de marbre.*
Cadre sculpté.
Toile.

TIEPOLO (D.)

61 — *Apothéose d'un Saint.*
Toile.

TENIERS (Attribué à)

62 — *Le Départ pour la Chasse.*

VÉLASQUEZ (École de)

63 — *Portrait de Philippe IV.*
Cadre ancien en bois sculpté.

VERNET (Attribué à Joseph)

64 — *Entrée de Port.*
Toile.

VLIEGER (Attribué à S. de)

65 — *Naufrage d'un Brick.*
Toile.

VOS (Attribué à Martin de)

66 — *Le Plaisir et le Travail ou le Vice et la Vertu.*

Grande peinture sur panneau.

WENIX (Attribué à J.-B.)

67 — *L'Arrivée des paysans au marché.*

Grande toile.

WERF (Attribué à Van)

68 — *Portrait d'un Personnage de distinction représenté à mi-corps.*

Toile.

WILLARTS (F.) (1622)

69 — *La Rentrée des pêcheurs.*

Au large des vaisseaux de guerre ; à droite, paysage avec ville sur un rocher.

Toile.

WOUWERMAN (Pierre)

70 — *Départ pour la chasse.*

Cavaliers et chasseurs près d'une rivière à gauche.

Signé d'un monogramme.

WOUVERMAN (Ph.)

71 — *Halte de cavaliers à la porte d'une hôtellerie.*

Cadre ancien, bois sculpté.

Toile.

Haut., 31 cent.; larg., 43 cent. 1/2.

(*Vente Fesch, 1845.*)

WOUWERMAN (Attribué à JEAN)

72 — *Le Moulin à eau.*
Grande toile.

WOUWERMAN (Attribué à)

73 — *Départ pour la chasse.*
Composition d'un grand nombre de figures.
Toile.

WYNANTS (Genre de)

74 — *Paysage avec château.*
Cavaliers et suivants de chasse.
Cadre Louis XVI.
Toile.

ÉCOLE FRANÇAISE

75 — *Achille et Patrocle.*
Importante composition.

ÉCOLE FRANÇAISE

76 — *Tête de Jeune Femme.*
Pastel.

ÉCOLE FRANÇAISE (XVIII° SIÈCLE)

77 — *Le Médecin malgré lui.*
Toile.

ÉCOLE FRANÇAISE

78 — *Vase et guirlandes de fleurs.*
Toile.

ÉCOLE FRANÇAISE (xviiie siècle)

79 — *Portrait de Jeune Homme en buste, vêtu d'un habit rose.*

Toile.

ÉCOLE DE BRUGES (xvie siècle)

80 — *Descente de Croix.*

Panneau.

ÉCOLE HOLLANDAISE

81 — *Bestiaux dans un paysage avec temple en ruine.*

Toile.

ÉCOLE ALLEMANDE (xvie siècle)

82 — *Triptyque représentant la Crucifixion au centre, avec figure du Père éternel dans le haut.*

Sur le volet de gauche : la Pentecôte. Sur le volet de droite : portrait du donateur, montant un cheval blanc. A l'extérieur, Tobie et l'ange et saint François. Au bas, une légende et un blason.

ÉCOLE ALLEMANDE (xvie siècle)

83 — *Christ en croix; saint Jean et deux saintes femmes.*

Peinture sur panneau.

ÉCOLE ALLEMANDE (xvɪᵉ siècle)

84 — *Lucrèce en buste.*
Panneau

ECOLE ANGLAISE

85 — *Le Rendez-vous.*
Toile.

ÉCOLE ANGLAISE

86 — *Paysage avec rivière.*
Animé de figures ; au fond, un pont conduisant à
un château.
Toile.

ÉCOLE ITALIENNE

87 — *Intérieurs d'église.*
Avec figures près de deux autels.
Deux pendants.
Toiles.

ÉCOLE ITALIENNE

88 — *Six motifs décoratifs pour plafond : Anges,
architecture et fleurs.*
Toiles.